AF205226

Paul Gisi
Irrlichtertanz
Fantasiestücke und
Ratschläge für einen jungen Lyriker

Books on Demand

Bibliographische Information der Deutschen National-bibliothek. Die Deutsche Nationalbibliothek verzeichnet diese Publikation in der deutschen Nationalbibliographie, detaillierte bibliographische Daten sind im Internet über http://dnb.dnb.de abrufbar.

© 2017 Autor: Paul Gisi
Umschlagbild Ludwig Weibel
Herstellung und Verlag:
BoD – Books on Demand, Norderstedt
ISBN 9783744864152

Paul Gisi

Irrlichtertanz

Inhalt

I Irrlichtertanz

Fantasiestücke

Im Halbdunkel taste ich nach dir möchte deinen Körper spüren äonenweit sirrt der Wind durchs Gesträuch wir lachen vis-à-vis dem Sternbild *Kleine Wasserschlange* im Traum des Labyrinthzählers ich lese die Ansprachen über das *Hohelied Salomons* von Bernhard von Clairvaux schreibe dir einen Brief von Amöben und Engeln male für dich ein Bild komponiere ein Quartett bildhauere ein Gesicht das deine in einer Kneipschenke singen wir Lieder von *Li Tai-po* werfen uns dem Mond zu in der Tändelwoche mit dem Universum wir machen um die Ehehaft weite Umwege schelmisch vergnügt und bleiben frei um auf den Meeren der Herzen Kurs zu nehmen zu neuen Inseln zu offnen Sternhaufen in die Höhlen der Lust über die Lippen segelt die Fünfmastbark die Brandung umtost das Kliff deiner Brüste in der Tallandschaft lese ich das *Hohelied der Liebe* Stachelhäuter winken uns zu im Pfefferbaum malt ein Zitronenfalter Melodien des Kosmos im Schallkasten der Leier aufersteht das Klangbild von Werden und Vergehen zittergrasvibrierend flammenblumenrispig der Borstenwurm schweigt angesichts des Orionnebels wenn du singst wenn du schweigst ich verstehe dich in deinen Nächten ich antworte dir mit Flüssen und Meeren mit Worten aus Flammen im Drehfauteuil sitzend Fallwinde toben wir retten uns zueinander finden uns in der Sprache der Liebe im Geflüster der Zuneigung

auf dem Delta der Einsamkeit im Sturmwind der Vögel
in den Farben der Hoffnung du lächelst mit dem Wind
ich strecke die Arme nach dir aus in der Nacht du erin-
nerst mich an Cassiopeia an einen Leopardenlungenfisch
ich lache in deinen Achselhöhlen eine Glocke klingt in
den Abend hinein ein Körper entsteht und vergeht die Natur kümmert das nicht wohin du auch gehst ich folge dir
ich möchte deine Pappel sein dein Birkenhain in der Not
verwunderliche Geigenrochen in den Träumen deine
Hände verbergen meine Wunde ich halte deine Stimme
in meinen Blütenblättern wir überschatten uns in der Lust
deine Wimper ist ein Strom auf der Stirn ich küsse deine
Lippen Musik fächert sich in deinen Augen auf Sonnen-
wind über deine Lippen du versuchst das Wort *Liebe* zu
formen tanzt mit Fadenwürmern eine Tarantella in Fon-
taine-de-Vaucluse auf dem Brunnenrand hockt eine
Dohle und träumt von einer Burg beim alten Gartenhaus
raucht ein alter Dichter seine Pfeife steigt ins Lotusboot
und fährt in den Himmel im Drehfauteuil sitzend ich
schenke mir ein Glas Wein ein und winke *Mozart* zu der
Turmhahn von Cleversulzbach schaut in die Ferne dort-
hin wo sich die Nähe verliert in den aufgelösten Herzen
ein Falke pfeilt durch die Sonne es ist als ob sich die Zeit
verlöre über verdorrten Weizenfeldern in den schroffen
Abgründen der Menschenherzen du fliegst mit dem Wind

auf den Baum träumst von Liebe NICHTS IST SO WIE ES IST alles verändert sich in den Wandlungen steigt der neue Tag auf für dich für mich für alle Mensch ich schreibe dir pharaonesk einen Liebesbrief suche im Drehfauteuil sitzend hinter Wüsten tauche ich in den Ozean hinein der du bist der Grosse Hammerhai kümmert sich um nichts als Gitarrenfisch besinge ich dich die Riesenmanta erkundet die Hohe See alles zu deiner Freude Wolfsmilchgewächse tanzen mit Kugelhaufen mit Millionen von Sternen alles ist in Bewegung flattert um dein schwarzes Haar die Fermate Nacht ruht sich aus im Gesirr der Kithara du lachst über brummbäuchige Pauken das Vibraphon spinnt silbrige Fäden aus der Jazztrompete erheben sich Spiralgalaxien ich sitze im Drehfauteuil und trinke Wein sich um deinen Körper schlängelnde Kobolde ein Schlangenaal schreibt in seinem Tagebuch es ist nichts vorgegeben ALLES VERÄNDERT SICH das Universum ist ein Kaleidoskop in deinen Augen ein Lustgarten die Sterne tanzen ein Ballettt zur Musik der Zikaden Mozarts REQUIEM wandelt unter Zypressen am Ufer des Pazifischen Ozeans raucht ein Fakir seine Opiumpfeife und träumt die tausendundzweite Nacht er zwinkert dem Urwald zu Verschlungenheit ist sein Wesen überm Moortümpel pfeilen Libellen in einer Tropfsteinhöhle schläft eine Fee ein Vifzack singt mit

Fröschen ein Madrigal drumb lasst uns andächtiglich zuhören die Welt glitzert in tausend Farben ich werfe den Rachgrimm in die Lethe und nähere mich dir in Liebe Châteauneuf-du-Pape in meinem Blut ich singe Avignon der Mistral zerzaust dein schwarzes Haar du sitzt am Ufer der Rhône ein Himmel voller Sterne glitzert im Wasser im Drehfauteuil sitzend van Gogh malte in Arles Arlesierinnen in der Festtagstracht in der Prozession Daudets *Briefe aus meiner Mühle* vor mir der oktogonale Turm St-Sternins in Toulouse fingert in die Wolken weist dem alten Dichter den Weg

*

Seit Monaten plagte ich mich mit einem Violinkonzert das ich komponieren wollte ab ich Vincenzo der Musiker nannte es *Wind im Wald* doch ich kam über das Andante den ersten Satz nicht hinaus immer wieder brach die Melodie ab sie stürzte in sich zusammen sackte ab mir ging es gleich ich stürzte ab sackte zusammen ich fand die Fortsetzungen der Melodie nicht das ungewaschene Geschirr in der Küche häufte sich an die leeren Weinflaschen stapelten sich in einer Ecke auf derweilen suchte ich nach einer eingängigen Melodie die aber ungemein frisch ungebraucht erscheinen sollte doch es dürfte kein Ohrwurm werden Überraschungen müssten Platz finden die Violinstimme müsste geheimnisvoll sein wie eine Wanderung durch einen grossen Wald wie ein unerwarteter Wind in den Zweigen dazu suchte ich eine lebhafte Orchestrierung eines grossen Streicherensembles die die Violinstimme aufnahm forttrüge oder zu ganz andern Wind- und Waldkonstellationen führen dürfte das Andante müsste mässig beschaulich sein wie es der Name schon sagt innig beseelt wie das Streicherensemble doch es dürfte auch nicht zu romantisch werden ich liebe eine gewisse glasklare Konturierung doch sobald ich meinte in Fahrt zu kommen musste ich einen dringenden Brief schreiben das Telefon meldete sich sehr oft und es kamen

Anfragen von Musikagenten wann ich mit dem Violinkonzert fertig sei ich fluchte und sagte ich weiss es nicht mir fehlt nicht nur der erste Satz sondern noch der zweite und dritte sie sollen zuwarten ich muss zuerst noch das Geschirr waschen damit ich mir eine Suppe kochen könne verhungern kann ich ja auch nicht sonst bekäme mein Musikmanager nie das Violinkonzert das er sich erhoffte zudem muss ich mir nochmals einen Wald anschauen gehen doch wo gibt es noch grosse Wälder? Wind hätten wir genug doch die Melodie für das Soloinstrument die Geige eben fällt nicht von den Bäumen die kann nur aus meinem Innern kommen doch wie soll ich die Miete bezahlen? der Vermieter wartet nicht mein Violinkonzert muss warten da mir keine aufwühlende Melodie einfallen will doch der Konzertagent wartet auch nicht mehr lange es muss etwas geschehen ich setze mich hinters Notenpapier und schreibe wie verrückt Noten auf von einer Melodie die mich nachts besucht hat die Not hat mir einen Ausweg gewiesen ein Andante geliefert ein Wind wehte im Wald

*

Auch für mich einen Pensionierten ist der Sommer eine ganz tolle Zeit man kann leicht bekleidet durch die Altstadt streifen abends beim ersten Einfunkeln der Sterne noch in ein Strassencafé gehen dort sitzen und diskutieren die Welt gibt sich vernünftig lauwarm das Weissweinchen ist gekühlt der Cigarillorauch tänzelt um die Nase die Stimmung rundherum ist wohlig auf sanften Touren der Imbiss mundet herrlich nach all den Monaten der grimmigen Kälte ist es wohltuend nachts unter dem freien Himmel zu sitzen und zu plaudern man wird ein ganz neuer Mensch ich erzähle meinem Vis-à-vis von meiner Lektüre von Christoph Martin Wielands Roman *Der Sieg der Natur über die Schwärmerei oder Die Abenteuer des Don Sylvio von Rosalva, eine Geschichte, worin alles Wunderbare natürlich zugeht* – Wieland stand in engem Verhältnis zu J. G. Herder und Goethe – ein praller voluminöser Roman der alle heutigen dürftigen psychologisierenden Bestsellerromänchen aushebelt mein Vis-à-vis ein Freund lacht und nimmt seine Gitarre aus dem Futteral und beginnt provenzalische Minnelieder zu singen da taucht der Regisseur Mond aus den Wolken und beginnt geheimnisvoll zu strahlen im Strassenbistro wird es still und alles lauscht meinem Freund wie er Gitarre spielt und dazu Liebeslieder singt nach etwa einer Viertelstunde schweigt mein Freund und das Leben im

13

Strassencafé beginnt wieder zu glucksen und zu lachen
Lärm erhebt sich beim vielfältigen Gestikulieren denn
alle haben was zu berichten das Eis ist gebrochen die
Nacht erfüllt von Leben und unbeschwerter Mitteilsam-
keit nun bin ich wieder zuhause doch es fällt mir nicht ein
ins Bett zu gehen es ist Sommer ich lege die Schallplatte
von Verdis erster Oper auf *Oberto – Conte di San Boni-
facio* zünde eine Kerze an paffe seehundgenüsslich einen
Jacob-van-Meer-Cigarillo und denke ketzerisch es ist
doch schön wenn die Klimaerwärmung zunimmt denn
ich liebe es nachts in einem Strassencafé zu sitzen zu räu-
cheln ein Weissweinchen zu trinken und bei einem
Freund zu sitzen der Minnelieder singt und gebrutzelte
Crevetten an Knoblauchöl zu essen auch das ist Leben

*

Als ich am Morgen in Rorschach lebend den Laden aufschlug und aus dem Fenster blickte staunte ich nicht
schlecht als der gotische dreischiffige Dom von Siena mit
dem Querschiff und den Marmorinkrustationen der Fas-
sade und des Innern vor meinem Fenster war doch ich
wunderte mich nicht sonderlich die Welt ist ja nichts
Festgefügtes ein für alle Mal tagsüber ging ich meinen
Verpflichtungen nach und legte mich spätabends ins Bett
als ich am andern Morgen wiederum den Fensterladen
aufschlug staunte ich doch ein bisschen als ich indische
Tempelanlagen vor mir liegen sah doch ich wusste dass
es auch heute noch Wunder gibt und so braute ich mir in
der Küche einen heissen Kaffee als wäre alles o.k. am
nächsten Morgen als ich den Laden aufschlug fuhr ein
riesiges Schiff vorbei aus dem Schornstein blakte
schwarzer Rauch von der Kommandobrücke her winkte
mir ein Kapitän zu ich winkte fröhlich zurück am nächsten Morgen zog ein Maskenball an meinem Fenster vorbei am übernächsten trampelten gefürchtige Schabra-
ckenschakale in die aufgehende Sonne dann wieder hörte
ich ein Klavierkonzert in F-Dur sehe das Sternbild *Die
grosse Waage* Runkelrüben Brühwürstchenkessel
Frachtschiffe ein Opernhaus Losverkäufer Faltbootfahrer
Spieldosen Keilschriften Tintenfische Nadelbäume Pur-

15

purmäntel usw. dann wieder spielte ein Vibraphon ätherische Weisen oder ein ganzes Rudel Schnabelhöcker fuchtelte vorbei Hirschzigenantilopen galoppierten in die Ferne Krabben beinelten geschäftig Zaunkönige übten ihr Lied Kellerasseln suchten einen neuen Unterschlupf eine Bronzeskulptur eines Mädchens aus der ägäisch-mykenischen Zeit blinkte ein tanzender Schiwa vergass sich in einem Stalaktitengewölbe eine Winkelspinne spannte ihr Netz von meinem Haus bis zu den Sternen ich bewunderte sie jeder Morgen hatte für mich eine neue Überraschung wenn ich die Schlafzimmerläden öffnete eines Morgens sah ich nur das graue Haus vis-à-vis und wurde traurig

*

Wie herrlich ist es doch für einmal eine gute lange kurze Stunde nichts zu tun im Drehfauteuil zu sitzen und zu denken zu imaginieren zu fantasieren locker die grosse weite Welt vor den Augen paradieren zu lassen mit einem Zweimaster mit voll getakeltem Mast und Rahsegeln auf Urwaldströmen des *Orinocos* zu segeln in einer Rosette einer gotischen Kathedrale über Himmel und Hölle zu meditieren mit Kellerasseln durch dämmrige Feuchtigkeiten zu kriechen Annette von Droste-Hülshoffs schwerblütigen empfindungsreichen und religiösen Gedichten nachzusinnieren mit Flüchtlingen aus aller Welt zu weinen durchs nordrhein-westfälische Städtchen Gütersloh zu bummeln durch wasserbedeckte Reisfelder des Hochlands in Kaschmir zu stapfen dem Gesang der Elefantenrobben zu lauschen Trichterlilien zu bewundern im alten Hafen von Triest einen Chianti zu trinken Wollhandkrabben auf die Hand zu nehmen vorsokratischer Ethik nachzudenken von Blumentieren zu träumen und mit Muschelkrebsen zu plaudern eine Stunde Nichtstun öffnet einem unzählig viele Welten des Bizarren der Formen der Farben der Melodien was für eine Lust denke ich im Drehfauteuil sitzend Grenzen verschieben sich oder lösen sich auf was bisher eindeutig klar umrissen war wird vieldeutig *e i n s* mischt sich mit dem andern eines wird das andere ohne sich selbst aufzugeben die Welt wird zu vieltausendfältigen Welten ein Professor wird zu einem Poseidon ein Mädchen zu einer surrealistischen Sphynx die Glocken der westflandrischen St. Martinskirche tönen in der Stube Zwiebelpflanzen klettern die Wände hoch Carson McCullers Bücher brennen eine Stunde Nichtstun schafft Welten neu verschiebt Welten lässt Welten untergehen und auferstehen es ist eine stete Bewegung das Nichtstun ein Aufflammen und ein Verlöschen ein Verschieben und ein Ins-Zentrum-Rücken aus Ausdehnen und ein Sichzusammenziehen voller Neuartigkeiten Verwunderungen und Überwältigungen in einer Stunde Nichtstun habe ich mehr erlebt als in tausend Stunden des Tuns

*

Nächte pflege ich allein zu verbringen ich mag die vielen
Massenvergnügungen die sich allerorten anbieten nicht
ich sitze gern im Drehfauteuil in meinem verrauchten
Studierzimmer bei einem Glas Wein bei Belcanto meis-
tens lese ich manchmal schreibe ich meine Gisiaden ly-
risch oder prosaisch oft lasse ich meinen Gedanken freien
Lauf sinniere dem Vorsokratiker Herakleitos nach der
schrieb: *Der Herrscher dem das Orakel in Delphi gehört
verkündet nichts und verbirgt nichts sondern er deutet
nur an* was für eine Herrlichkeit dieser Satz doch ist oder
vom Quetzal (das ist ein südamerikanischer Vogel mit
rotem Bauch und einer grünen Schwanzschleppe die über
einen Meter lang sein kann) zu träumen wie er in den Ru-
inen der Mayas umherhüpft oder was will ich in einem
lauten Restaurant bei zu warmem Weisswein hocken und
mit meinem Vis-à-Vis mühsam ein Gespräch führen
wenn ich doch bei mir schweigen kann bei einem Duett
von Gaetano Donizetti ich erlebe immer wieder wie be-
redt Schweigen sein kann in meinen Gedanken spricht
das romanisch-gotische Meisterwerk der Kathedrale von
Chartres oder mich zu fragen was die *Liegende Figur* von
Francis Bacon so anziehend und geheimnisvoll macht
manchmal erbost mich eine Fliege die zum hundertsten
Mal mich stört und wünsche sie ins Pfefferland als ein
Marienkäfer mich besuchte nahm ich ihn liebevoll in

meine Hand und setzte ihn auf einen grossen Pflanzen-
topf auf meinem Balkon und wünschte dem wunderbaren
fliegenden Glückskäfer alles Gute wenn ich in den Aus-
gang gegangen wäre hätte ich diese herrliche Unerwartet-
heit jämmerlich verpasst manchmal hüpft auch mein Ra-
benkakadu auf meinen Bücherbrettern umher und blin-
zelt mir einvernehmlich verständnisvoll zu und ich winke
ihm ich erwarte nachts keine Unerwartetheiten doch
wenn sie sich einstellen freut es mich so fuhr letzthin ein
Zug durch mein Zimmer mit Heringssalmlern Moderlies-
chen Seehechten und Schmetterlingsfischen ein Fest für
Auge und Gemüt Alleinsein gibt es eigentlich gar nicht
die ganze Welt ist bei mir

*

I

Ich liebe unangemeldete Besucher meist nicht sonderlich denn ich bevorzuge es alleine in meinen Bibliotheksräumen umherzustromern bei klassischer Musik meine Pfeife zu rauchen ein Glas Rotwein zu trinken in meinem Drehfauteuil zu lesen zum Beispiel Sarah Kirsch (ohne Kirsch) doch da läutete es an meiner Hausglocke und der Breslauer Liederdichter und Epigrammatiker Angelus Silesius stand lächelnd vor meiner Wohnungstür wünschte mir einen guten Abend und sprach „darf ich eintreten?" da konnte ich natürlich nicht Nein sagen ich erinnerte mich an seinen *Cherubinischen Wanders-Mann* wir disputierten lebhaft über Gott und die Welt als es wiederum an meiner Wohnungstür klingelte und der Komponist Luigi Boccherini wünschte mir einen guten Abend und sprach freundlich „ich wollte bloss einmal bei dir vorbeischauen" ich hiess ihn selbstverständlich freundlich einzutreten ich öffnete eine weitere Flasche Châteauneuf-du-Pape holte einen Stuhl und ich stellte mich auf ein erweitertes Gespräch ein ohne die Möglichkeit in meinen Bibliotkekszimmern umherzustolpern als wir zu dritt so richtig im Gespräch waren läutete es wiederum und Marc Chagall begrüsste mich ich holte wiederum einen Stuhl aus der Küche öffnete eine weitere Flasche Rotwein um so richtig ins Gespräch zu kommen über Kunst und die

Gesellschaft mit einem Liederdichter einem Komponisten und einem Maler und als ob mir nichts erspart bliebe war der nächste Besucher der Philosoph E. M. Cioran und dann kamen noch der Schweizer Architekt Le Corbusier der Chinese Laotse der Stille der eitle deutsche Thomas Mann die französische Existenzialistin Simone de Beauvoir wir mussten uns längst auf den Boden setzen da ich nicht mehr so viele Stühle hatte der Physiker Max Born gestikulierte wild ein Politiker der sich zu mir verirrt hatte sprach dummes Zeug ein Gespräch war nicht mehr möglich es war ein Tohuwabohu von Ansichten und Meinungen gegen den Morgen hin gesellte sich der indische Mystiker Sri Aurobindo zu uns und der spanische Lyriker Vicente Aleixandre suchte auch noch einen Whisky die österreichische Lyrikerin Christine Busta bat schlicht um einen Espresso damit ein solcher Besucherstrom nicht zu oft passiert habe ich die Haustürglocke abgestellt

*

Um es voll krass zu sagen ich liebe die Unklarheit gegenüber der Klarheit ich mag das Diffizil-Diffuse das Zer-
streut-Verschwommene Unschärferelationen gehören zu
meinem Hausgebrauch Eindeutigkeiten sind mir ein
Graus Mathematiker wissen kaum mehr als die Zahl 1
Physiker setzen schon lieber die vieldeutbare Variable
„n" ein – ob „1" oder „n" ich meine ich sage mit Abraham
a Sancta Clara *gickesgackes bloderzung Huy! und Pfuy!*
auf alle ausschliessliche Erkenntnis es gibt keine Mehr-
zahl sondern nur unendliche Einzahlen um sehr frei mit
Rilkes *Malte* zu sprechen Träume sind meilenweit von
jeder Klarheit man kann sie so und so interpretieren und
unsere Entscheide im wachen Leben warum wir Ja und
Nein sagen bleibt sibyllinisch wahrsagerisch geheimnisvoll die Zeiten in der wir träumen sind länger als unsere
Ausbildungszeiten auf die wir so viel Wert legen ein mo-
dernes Schulsystem müsste das Schulfach „*Traumzeit*"
einführen denn wir lernten die Welt besser zu durch-
schauen mit der Beschäftigung der Träume mit ihren ar-
chetypischen Einfärbungen (um etwas mit G. C. Jung zu
sprechen) als mit den soziologisch-ökonomischen und di-
gitalen Leerläufen Klarheit ist im Grunde nichts als Fan-
tasielosigkeit Eindimensionalität in einer Welt der unab-
dingbaren Pluralität auf allen Wissens- und Erkenntnis-

ebenen wenn es wesentlich wird wird alles alsogleich unklar es gibt keine Klarheit in den Literaturnobelpreisvergabungen in den Kunstdirektiven eines ist das andere alles ist nichts und vieles denke ich im Drehfauteuil sitzend und diese Diffusion diese gegenseitige Durchdringung des Nahen mit dem Fernen des Mitteilbaren mit dem Nichtmitteilbaren ist es was das individuelle Leben unaustauschbar ausmacht das Gespenst der Klarheit ist eine Verlockung ein teuflisches Trugbild ein grauenerregendes Spukwesen denn im Leben gibt es keine Klarheit es gibt nichts als die kaleidoskopische Zufälligkeit das hic et nunc (das Hier und Jetzt in Bezug auf die räumliche und zeitliche Bestimmtheit eines Gegenstandes oder Vorgangs) – ich liebe die existenzielle Unklarheit denn nur sie ist lebensnah

*

Kunst ist eine Komposition von Worten Farben Tönen Formen alles was ist kann Kunst werden in der Wandlung in der Verwandlung Kunst muss sich an keine physikalischen Gesetze halten die Gravitation ist aufgehoben die Ablagerungen der Zeit zählen nicht „Die Konjugationen durchqueren die Ebene / der Geistergespanne" lese ich bei Michel Leiris gefunden im über 1800-seitigen Buch „Das surrealistische Gedicht" oder bei Antonin Artaud „Das WORT treibt Schlaf / wie eine Blüte oder ein Glas / voller Formen und Rauch" – „Die Bildsprache ist der zitternde Flügel / der Nacht" (Makoto Ooka) es ist ein Fest aus diesem dicken Buch zu zitieren ich könnte an kein Ende kommen … ich denke dass die Wirklichkeit ein Traum ist dass Träume Wirklichkeit sind das dualistische dimorphe differenziale Denken ist eine längst überholte Sache im Grunde genommen ein Pfupf im bitter-süssen Mandelkern des Seins ist alles e i n s die expressionistischen sich zur abstrakten absoluten Kunst sich vortastenden Bilder von Wassily Kandinsky der kindlich-surrealistische Malstil von Paul Klee die märchenhaften über Dächer fliegenden Liebespaare von Marc Chagall die existenzielle desillusionierende und voller Paradoxien philosophische Lehre vom Zerfall von E. M. Cioran (übertragen von Paul Celan) sind Wirklich-

keiten wie ein Stuhl oder ein Tisch in der Philosophiege-
schichte gibt es unzählbar viele Aperçus was Wirklichkeit sei zur Wirklichkeit gehören auch Gefühle Einbil-
dungen Illuminationen Ekstasen Räusche Ernüchterun-
gen Kunst kann sich von der Wirklichkeit nicht entfer-
nen, das ist nicht möglich je *ver-rückter* sie sich auffä-
chert einfärbt komponiert desto mehr nähert sie sich dem
Gehäuse des Kosmos im Haus der Wirklichkeit gibt es
unendlich viele Wohnungen die alle individuell einge-
richtet sind und je individueller sie sind desto allgemei-
nere Bedeutung haben sie *„Sind die Strassen über der
Erde / gegenwärtig befahrbar"* fragt Marianne van Hir-
tum ich glaube ja sofern man sich bemüht alle dümmli-
chen einengenden Hindernisse aus dem Weg zu räumen

*

26

Die fünf langen Minuten: In der ersten Minute wurde das Weltall geschaffen wurden Sonnen Sterne schwarze Löcher Kometen Meteore Zodiakallichter Planeten und andere wild umhersausende kosmische Körper verteilt die sphärische Astronomie tanzte wie ein Ballett auf der Bühne des Werdens und siehe alles ward gut in der zweiten Minute begann im Tierreich und in der Pflanzenwelt – in der Welt der Blumen Vögel Fische Reptilien – der Mensch sich zu regen eine Chimäre des Schöpfungswillens *„ein Ungeheuer zusammengefügt aus einer kaum feststellbaren Anzahl von Widersprüchen"* (Alfred J. Ziegler) der Mensch begann wie ein Wucherpilz sich auf dem Planeten Erde zu vermehren fernab von jedem Mass und siehe ward immer noch alles gut? endlose Massenkriege zogen in der dritten Minute über die Kontinente genau genommen gab es dafür keine Gründe doch der Chimäre Mensch fiel nicht viel mehr ein als zu kämpfen seine paar Lebenstage in einem Wahn zu verbringen und siehe es ward nicht mehr viel gut in der vierten Minute erhob sich die Menschheit zu Sinfonien Romanzyklen Gedichten Gemälden architektonischen Bijous und formvollendeten Skulpturen Schiffe mit Walzerklängen fuhren über die Meere Flugzeuge durchfurchten die Wolken Gaukler und Tänzer gestikulierten auf sommerlichen

Plätzen in den grossen Städten Filme betörten Dichter rezitierten Oden und Elegien Jongleure traten in Zirkussen auf in Strassenbistros wurde Wein kredenzt HiFi-Stereoanlagen spielten Messen von Wolfgang Amadeus Mozart der Gestreifte Seidelbast duftete nach Flieder der Feldklee winkte die Indische Sandboa ringelte sich durch eine Tempelanlage ein Fransenzehenleguan turnte in den Bäumen eine Riesenbarbe ungeheuerlich aussehend träumte von der Liebe ein Regenbogen spannte sich zwischen zwei Träumen das Leben war ein Gesang ein Duft ein Tanz ein Sichumarmen alles war schön und bunt und leicht und gut diese vierte Minute war wie ein Glockenton im Weltall siehe da wie gut! in der fünften Minute – das muss in dieser kurzen Weltengeschichte leider festgehalten werden – zogen dunkle Wolken auf und erlöschten alles Leben und siehe da nichts war gut da erwachte ich

*

Ich kenne Menschen die reisen dauernd nach Madrid Paris in die Sixtinische Kapelle zur Burg Valeria in Sitten besichtigen das Schloss Tarascon in der Provence erholen sich beim ungarischen Plattensee tummeln sich in den Einkaufsmeilen von Montreal gehen auf Fotosafaris im westafrikanischen Guinea spazieren in Davos herum bewundern Geysire im Yellowstone Park in Amerika bummeln in Indonesien herum rattern in U-Bahnen in Johannesburg auf und ab – und alles ist zum vorneherein von einem Touristenbüro geplant und organisiert wenn sie wieder nach Hause kommen erzählen sie das was ich längst auch schon wusste ohne dort gewesen zu sein der Ausflugsbus war überfüllt und überteuert die Klimaanlage im Hotelzimmer funktionierte nicht das Essen löste Durchfall aus die Hitze oder die Kälte waren nicht auszuhalten die Schuhe lösten Blattern an den Fersen aus das Portemonnaie wurde gestohlen das ist die durchschnittliche Kalamität von Reisenden es wäre so schön gewesen doch die Trinkgelder die man allüberall geben musste waren horrend die Ferien haben ein Loch ins Budget gerissen und am Ende war man nur noch erschöpft froh darüber die Koffern zuhause wieder auszupacken und in Ruhe einen Whisky zu trinken ohne irgendwo wibblig herumrennen zu müssen ich denke mir die weite Welt ist innerlich abends in sich die Glocken der romanischen

29

Abteikirche von Maria-Laach zu hören etwas zu psychologisieren und Selbsterkenntnis zu betreiben das ist doch wie eine virtuose Zugabe eines Jongleurs ein Violinkonzert von Antonio Vivaldi zu hören Gedichte von Hilde Domin zu lesen eine Sommerflunder auf ihren Abenteuern zu begleiten einen Chinesischen Laubfrosch zu beobachten der Kriechenden Rose im Topf Wasser zu geben eine Mistel mit den gabligen Ästen an ein Bücherbrett zu heften Poetereyen an eine Geliebte zu schreiben – oder endlich einmal NICHTS zu machen sich die Welt vorzustellen wie sie in Abermillionen von Facetten lebt ist und sich wandelt herrlich ist die Welt!

*

Man braucht keine dickwälzigen Philosophiebücher durchzuackern um ein Philosoph zu sein einst las ich viele monumentale Philosophiewerke doch inzwischen mit zunehmendem Alter begnüge ich mich zu lächeln lese Christoph Martin Wielands Roman *Die Geschichte der Abderiten* wo es nur so knattert und schnattert von philosophischen Schnurrpfeifereien was der weltgereiste Philosoph Demokritus erlebt in seiner Heimatstadt Abdera ein ungeistiges Völklein voller Schildbügerintelligenz es ist köstlich dies zu lesen in diesem Frühling stiess ich auf die nachgelassenen Werke von Arthur Schopenhauer zum Beispiel „*Pandectae*" „*Allumfassendes*" doch diese miese miesepetrige Weltsicht stiess mich ab ich kann Schopenhauer diesen menschenverachtenden Schwarzseher und Pessimisten nicht mehr goutieren ich liebe das Leben zusehr! um ein Philosoph zu sein genügt es zu lächeln und alles zu hinterfragen zu fragen ob es Glück gibt was Glück ist wie man Glück erreicht und da taugen keine vorgefassten Meinungen gedankenschwere Systeme ist doch alles Pfupf – einem traurigen Menschen die Hand zu halten sich mit jemandem zu freuen mit einem Kranken im Spital zu schweigen einem Menschen der in eine schwierige Lebenslage gerutscht ist Einverständnis zu signalisieren das beglückt beide Philosophie ist zutiefst die Liebe zum Leben und das Leben braucht keine Gitter keine Grenzen – alles ist frei wenn ich Luigi Boccherini höre weitet sich meine Seele und stimmt mich nachdenklich stimmt mich glücklich wenn ich Modest Mussorgskys Musikdrama *Boris Godunov* höre weitet sich meine Seele und rauscht ins Unermessliche auf und das ist Philosophie es gibt andere Definitionen und Abhandlungen was Philosophie sei doch ich lächle

*

Ich liebe flockenleichte Begegnungen die tanzen die sich nicht auf fest umrissene Grenzen einengen lassen ich bevorzuge die graziöse Tarantella gegenüber dem doch eher festgefügten Walzer nicht organisierte spontane Begegnungen bergen viel Freiheit in sich man kann spazieren gehen in einer Bar Wein trinken stundenlang unter einer Lichtlaterne diskutieren ohne dass man merkt dass es regnet man kann sich das Leben erzählen und dann *tschau* sagen und wie schwebend davoneilen und den Sternen zuwinken eine Begegnung abzumachen dass man sich dann und dann dort und dort trifft bereitet mir Unbehagen denn es kann ja der Fall sein dass ich dann lieber schweigsam eine Sinfonie von Mozart hören möchte in Bernhard von Clairvaux' Ansprachen lesen oder mich mit den Mayas beschäftigen ich habe das Glück keine Termine mehr einhalten zu müssen ich gehe pro Jahr nicht mehr drei oder vier Terminen nach ich lebe schwebend in meiner Freiheit lasse mich vom Wind wiegen von der Strömung meines unterirdischen Unbewusstseins treiben übergebe mich gern den variablen Intensionen der Augenblicke das ist ein faszinierendes Erlebnis damit geht auch daher dass mir jede Vernunft fragwürdig wird Vernunft ist nur innerhalb eines starren Systems haltbar – solche Systeme kenne ich nicht mehr es ist wunderschön frei zu sein letzthin spazierte ich am Ufer eines

Sees und traf einen alten Bekannten den ich seit vierzig
Jahren nicht mehr getroffen habe wir redeten rabaukelten
rabuzzinzelten rikonozottelten und tschilpten wie die
Spatzen gingen in eine Bar und tranken Brandy teilten
uns mit und fragten uns nach allerlei Wichtigem und Un-
wichtigem lachten und rauchten wie zwei Kapitäne deren
Schiffe längst untergegangen waren es war eine wunderbare Begegnung schwebend in den Gezeiten des Alterns

*

Das Weltall malt in den Klangfarben von Johann Nepomuk Hummel Liebe in dein Herz Regenschirme wurden zu Sonnenschirmen befördert Mondschirme sind nicht vonnöten violinschlüsselschlank fliegt die Kantilene auf den Baum der in deinen Träumen west mit viel Gelb auf den Schwingen mischt sich mit dem Grün der Blätter mit dem Weiss der Sonne Pas de deux des Lichts und des Winds (in der Ferne – ganz nah in mir im Schattengeviert des Schlafs – belcanteske Ekstase) in virtuoser Orchestrierung fällt der prasselnde Regen auf den Pfad der Erkenntnis das Rondo tanzt mit dem Rotstirngirlitz es ist ein Fest der Erleuchtung in den Augen der Geliebten Bi-Yän-Lu meditiert vor dem Blauen Fels über die Widersprüchlichkeiten der Trugbilder über die Einheit von Flüssen und Tränen Blinde werden sehend in der Sonatenform der Violine es ist ein Hin und Her von Farben und Klängen im Echoraum des Herzens denke ich im Drehfauteuil sitzend die Kiemen des Somnambulen öffnen und schliessen sich im Kelchglas perlt der Wein Beethovens *Missa Solemnis* fliesst in die Tiefen der Welt auf die Spitzen der Berge das Weltall balanciert auf deinen Fingerbeeren Anfang und Ende fallen *ineins* in deinem Atem der Himmel von deiner Stirn

berührt senkt sich in den Puls in der elsässischen Ab-
tei *Notre-Dame d'Oelenberg* singen Trappisten Psal-
men die Sternbilder seufzen vor Glückseligkeit DAS
VIELE ERKENNT SICH IM EINEN die dunklen
Schatten verkriechen sich in der Weiträumigkeit der
aufgehenden Sonne eingerollt ins Schweigen küsse
ich dich eingefaltet in den GROSSEN GESANG in
bauchigen Kumuluswolken träumen Korbblütler tür-
kisgrüne rot getupfte Erdorchideen ich schreibe der
fahlbraunen Nestwurz einen Liebesbrief die Mimose
geniesst das Licht das Buschwindröschen liest
apokryphe Schriften perlgrau arpeggiert das Universum sucht seine Formen im unendlichen Raum das
Kleine weitet sich ins Grosse das Grosse malt sich in
den Klängen Mozarts es sind die Kantilenen des
Ewigen Rochen pochen an deine Tür ich reise ins
Auge des Zyklons halte deine Hand das Tierkreis-
sternbild Krebs umarmt die Nymphe (diesmal
konnte Zeus sie nicht fangen) was für Helligkeiten
(80-mal heller als unsere Sonne) den Felsspalten ent-
lang kriecht das Helmkraut mit lila Blüten und üppi-
gem Blattwerk ein Schmetterlingsblütler singt eine
belcanteske Arie Jean-Jacques Rousseau träumt auf

seinen einsamen Spaziergängen lichtverwurzelt sternenverwurzelt menschenverwurzelt einsamkeitsverwurzelt in den Tropfsteinhöhlen der Erkenntnis die Ananasfrucht duftet in der Milchstrasse pluderbehoste Harlekins in den Altstadtgassen speien Feuer ein Stachelhäuter fingert lusterregt nach dir die Seegurke spielt ein Klavierkonzert ALLES IST IN BEWEGUNG *eins ist das andere* in den Wandlungen höheren Orts es ist wie ein Schauspiel für die Götter die Sittenstrenge hat ausgedient (nach Thomas Manns *Zauberberg*) Merlin der Zwergfalke setzt sich auf deine Schulter eine byzantinische Kaiserin schreitet über deine Stirn ein Konzert von Antonio Vivaldi irrlichtet durch die Nacht worüber nicht zu singen wäre darüber müsste man schweigen das Licht harft in den Bäumen ich trinke Châteauneuf-du-Pape auch Konfuzius soff freudig vor sich hin der Ton in deiner Hand kommt von weit der URSPRUNG aller bestehenden Dinge ist das grenzenlos Unbestimmbare sagte Anaximandros aus Milet herrlich ists Vorsokratiker zu lesen das Universum in die Pfeife zu stopfen und von Liebe zu singen denke ich

im Drehfauteuil sitzend und die Menschheitsge-
schichte Revue passieren zu lassen Zeus wirft Blitze
übers Land Donner wummern den Igelfisch kümmert das nicht Windblütler grüssen den Sturm ich
lese Mörikes *Malter Nolten* wunderbar dich kennen
zu lernen dass du ganz anders bist als ich glaubte
macht mich glücklich der Mammutbaum sinniert
über Werden und Vergehen der Jahrhunderte es geht
um die Dimensionen mikroskopisch kosmologisch
das Weltall ist ein Kaleidoskop in den Händen der
Geliebten in den Auge des Geliebten *Der Herr Kor-
tüm* von Kurt Kluge gondelt bramsig durch die Welt-
gegend

*

In unübersehbaren Weiträumigkeiten spannen sich Lichtfäden von mir zu dir *jede* Abschweifung führt in den Kern der Sache Gross-Artiges ist bloss geschminktes Klein-Artiges wenn Libellen bellen und immer wieder dieser Johann Nepomuk Hummel hummelt orphisch durch meine Seele ich liebe dich *Welt des Tantra in Bild und Deutung* der Kosmos ist ein Mobile in der Hand Gottes alles kreist verspielt ineinander umeinander gegeneinander durcheinander fortvoneinander es ist ein Leuchten und Blinken aufgemischt vom Atem Gottes nun bin ich atemlos geworden doch ich winke euch zu ihr lustigen Steinchen ich fliege mit euch durch die Räume durchs Notturno des ewigen Gesangs in dunklen Träumen schlafselig wachgerüttelt durch die Hand Gottes gefangen im Spinnennetz der Sterne im IRRLICHTERTANZ denke ich im Drehfauteuil sitzend ich reise in Gedanken zum Sternbild *Maler* zwischen *Schwertfisch* und *Schiffskiel* wunderbar ists AUSSER sich zu sein denn man bleibt immer in ALLEM ein Klavierkonzert von Muzio Clementi perlt in meinem Poetengehäuse die Welt wird neu im Namenlosen findest du dich ein Fisch steigt in ein Bild hinein

und schwimmt mitsamt dem Bilderrahmen weit fort
ich lese die *Briefe aus meiner Mühle* und singe provenzalische Lieder Wortungetüme liegen wie ge-
strandete Pottwale an den Küsten deiner Lippen al-
luvial die Liebe in den fernen Bergen die Nacht
stürzt ins Schleierkraut und löscht alle Farben aus die
Herbstzeitlose kommt vom Tertiär daher und schaut
sich verwundert um die Alhambra fliegt in mein Bi-
bliothekszimmer Michael Haydns Sinfonie in F-Dur
wellt um meinen Drehfauteuil in dem ich sitze Pfeife
rauchend Wein trinkend Quastenflosser tanzen ein
Ballett Poseidon rasselt auf Tschinellen Schwalben
pfeilen durch die Luft ich lese einen Liebesbrief und
winke freudig erregt Quasaren zu Nahes wird fern
Fernes nah denke ich im Drehfauteuil sitzend es ist
als ob es keine Entfernung gäbe träume ich wach geworden wer sagt mir ob ich wache oder schlafe es
gibt diese Stimme nicht auch das Wahre ist Täu-
schung am Rand des Lebens zum Tod Johann Baptist
Vanhal vanhalt sinfonisch durch die Nacht ein alter
müder Schlangenbeschwörer schreibt sein Testament in einer dunklen Hütte derweil psalmodiert
Andromeda und du gibst mir einen Kuss und die

Sonne geht in deinen Augen auf ich lausche dem
Echo der Quelle die wasserklare klangverzückte vo-
gelflügel-beschattete gegenströmig die Schicksals-
wogen das einsame Cello verliert sich in der Ferne
meine uralten Bilder vereinsiedeln sich unerklärlich
die Winde in den Zypressen des Leids in Qual zer-
fetztes Nichts halleluja die Welt ist ein Narrenhaus

*

Byzantinische Figuren wandeln durch die respondie-
rende Kirchenmusik durch die Hallen des Gesangs in
Sri Aurobindos Gedanken ruht sich das Göttliche aus
in der *Zwitschermaschine* Paul Klees tanzt die Frei-
heit ein Seewolf räubert durch den Algenwald ein
Oleanderschwärmer saust unruhig umher aus der
Quelle dort hinter der Wüste sprudelt das Wort ich
bin alt geworden und finde den GROSSEN
GESANG DES SEINS den Irrlichtertanz aller
Geschöpfe

II Sei klar wie eine Galaxie

Ratschläge für einen jungen Lyriker

Die BILDHAFTIGKEIT ist wesentlich für ein Gedicht.

*

Ein Lyrikband ist wie ein „Rosenkranz" an Bildern.
Deshalb liebe ich das Malerische (siehe mein Buch
„Oleivo der Maler").

*

Gedanken verweise ich in den Aphorismus, in den
Essay. Im Gedicht hat der Gedanke nicht viel verloren.

*

Das Gedicht liebt die Farben der Sinnlichkeit, die Kon-
kretisierungen des Universums im Erdenstaub, die Spie-
gelungen der kleinsten Lebewesen in den Sternbildern
und Quasaren.

*

Gedichte sind der Fries der Milchstrasse.

*

Philosophie ist untauglich für ein Gedicht.

*

Beim Gedichteschreiben muss man hellwach sein, sich verbunden fühlen mit dem Staub der Erde und den offnen Sternhaufen. Es ist immer die Gunst eines Augenblicks, forcieren lässt sich nichts.

*

Ideologien und Politik sind ein unbrauchbarer Steinbruch, sie zerstören das Gedicht.

*

Das Gedicht: Das Universum setzt Segel. (Siehe die Nachbemerkungen in meinem Lyrikband „Das Universum setzt Segel".)

*

Das Gedicht ist universal.

*

Das Gedicht ist ein Kardiogramm der Nacht.

*

Wer Gedichte schreibt, ist unrettbar verloren.

*

Studiere viele Maler, bevor du einen einzigen Vers schreibst.

*

Lass dich auch von der Musik beeinflussen.

*

Wenn du schreibst, vergiss alles, was du gelesen hast. Deine Gedichte müssen neu wie am ersten Schöpfungstag sein.

*

Schreibe lieber nur ein Gedicht anstatt zehn.

*

Jedes Lebensalter ist dazu angetan, Gedichte zu schreiben.

*

Wenn du dich selbst nicht verstehst, so ist das immerhin ein guter Schritt.

*

Sage nichts, sondern male, komponiere.

*

Jedes „Thema" ist für die Lyrik gut, sofern es nicht schon gestaltet worden ist.

*

Wage die verrücktesten Sprünge, doch werde nie manieristisch.

*

Wenn du zu beten verlernt hast, schweige ein paar Jahre. Das erste Gedicht danach wird gut sein.

*

Liebe erfüllt sich nicht, sie ist immer Sehnsucht nach Liebe.

*

Der Flug eines Vogels ist belanglos, ausser du zitterst aus Sehnsucht, ein Vogel zu sein.

*

Höre auf niemanden ausser auf dich.

*

Wenn du glaubst, gut zu sein, bist du nichts. Du bist erst gut, wenn du auf alles Bekannte verzichtet hast.

*

Schreib niemals ein Klischee, denn dann desavouierst du dich selbst.

*

Wenn du niedergeschlagen bist, bleibe niedergeschlagen, denn das ist ein Tiefgang, aus dem ein Gedicht entstehen kann. Versuche es.

*

Moral hat im Gedicht nichts zu suchen. Schaffe dir eine Freiheit allem gegenüber.

*

Die kühnsten Verbindungen werden dir am liebsten.

*

Erst wenn du sehr belesen bist, kannst du auf alles verzichten und findest deine Wortbilder.

*

Tauche in dich hinein, höre auf das Rauschen deines Bluts.

*

Kopflastige Gedichte sind wertlos.

*

Wenn du in einer Schreibbaisse und verzweifelt bist, trinke ein Glas Wein, rauche, höre Mozart. Nach Mitternacht schreibst du vielleicht ein gutes Gedicht.

*

Du musst dich nicht als grosser Lyriker fühlen, und ob die Zeit zu deinen Gunsten oder Ungunsten in dieser oder jener Richtung Wertverschiebungen vornimmt, liegt nicht in deiner Hand.

*

Wahrheit gibt es weder im Leben noch im Gedicht.

*

Zähle auf keine Resonanz deiner Gedichte, du fährst besser.

*

Strebe keinen Erfolg an, denn der wäre Phantasmagorie.

*

Verachte die Kritiker, denn gutmeinende Kritiker sind äusserst selten.

*

Halte nicht viel von deinem Leiden, denn es ist kein Agens, gute Gedichte zu schreiben.

*

Bilde dich im Selbststudium weiter, damit du viel Ballast abstossen kannst.

*

Wenn dir nichts mehr einfällt, kaufe Farbkreiden und male ein paar Bilder; diese mögen noch so dilettantisch sein – du kommst weiter.

*

Wenn du jede Orientierung verloren hast, atme auf, denn du bist auf dem besten Weg, ein Gedicht zu schreiben, das dir lieb sein wird.

*

Denke nicht, dass Reisen dich weiterbringen. Was wichtig ist, geschieht nur in der Vorstellung.

*

Blaise Pascal schrieb: „Ich habe entdeckt, dass alles Unglück der Menschen von einem einzigen herkommt: dass sie es nämlich nicht verstehen, in Ruhe in einem Zimmer zu bleiben."

*

Gedichte sind Illuminationen.

*

Apotheosen zerfallen in der Wirkung sehr rasch, meide sie.

*

Wenn du keinen Verleger findest, lache und verlege deine Gedichte selbst. Früher oder später wird darüber Gericht gehalten.

*

Dass dich jedes Gedicht einsamer macht, darf dich nicht verwundern.

*

Sei klar wie eine Galaxie.

*

Flunkere niemals.

*

Lege dir einen eigenen Stil zu, das heisst eine Variantenreichhaltigkeit der Sätze, eine Vielfalt der Farbkontraste und Farbnuancen.

*

Sei nie zufrieden mit dem ersten Einfall.

*

Wenn du fühlst, dass ein Gedicht gut ist, ändere nichts mehr. Doch sei extrem kritisch mit dir selbst.

*

Verbessere kein Gedicht zu Tode, wirf es lieber in den Papierkorb.

*

Wenn du religiös bist, verzichte im Gedicht auf jede religiöse Aussage.

*

Der Lyriker ist ein Schwerarbeiter, täusche dich nicht.

*

Wenn du liebst, liebe ausschweifend hemmungslos, der Hass kommt noch früh genug.

*

Manchmal muss man selbst auf ein Bild verzichten.

*

In den dunkelsten Stunden erkennst du, was hell ist.

*

Wenn für dich ein Gedicht stimmt, brauchst du keinen Kritiker.

*

Überhaupt: du bist dir der einzige Kritiker, der zählt.

*

Wenn du dich fern von dir selbst fühlst, bist du dir nahe.

*

Du fragtest mich, was ein Gedicht sei. Ich schreibe jetzt 50 Jahre lang Gedichte und las Zehntausende von Gedichten, doch ich kann dir nicht antworten. Ich weiss nicht, was ein Gedicht ist. Du wirst deine persönliche Antwort selbst finden. Gewiss ist, ich liebe in meinem Leben nichts mehr als Gedichte.

*

Auch ich suche wie du Antworten, was ein Gedicht sei – besser bleibt, sich zu fragen, was ein Gedicht nicht ist. Doch diese Negation befriedigt natürlich nicht, deshalb ist es berechtigt, viele Antwortmöglichkeiten auszuprobieren, bang und auf Widerruf in den Raum zu stellen.

*

Lyrik ist ein Basilikumtopf.

*

Da du es unternimmst, Gedichte zu schreiben, meide die Gefährdung des Selbstmords – und schreibe weiterhin Gedicht um Gedicht.

*

Das Gedicht nähert sich einer Abbreviation des Scheiterns, einer Rotation des galaktischen Systems.

*

Eruptionen geschehen bei den Supernovae wie in den Fibrillen des Menschen.

*

Wenn du von Amöben sprichst, meinst du gleichzeitig auch Quasare.

*

Schäme dich nicht, von Bazillen zu reden, sie sind, wohlan, wie die Sterne Gottes Schöpfung. Doch vielleicht ist dir diese Aussage zu direkt, dann vergiss sie.

*

Ich habe keine Angst um dich, auch wenn du alle meine Ratschläge missachtest. Du findest andere Formulierungen.

*

Im Grunde genommen weisst du es gut, es gibt keine Antworten, nur Fragen.

*

Analysiere alles, ob es dir behagt oder nicht, nur so kannst du es besser machen.

*

Max Jacob schrieb in „Ratschläge für einen jungen Dichter": „Das Wesen der Lyrik ist die Unbewusstheit, aber eine überwachte Unbewusstheit." Denk darüber nach.

*

Kennst du Rilkes „Briefe an einen jungen Dichter"?
Lies sie mehrmals.

*

Sigmund Freud rüttelte am Schlaf der Menschheit, wie
gedenkst du dein Wachen zu gestalten? An welchen
Träumen liegt dir? Notiere alles.

*

Ein älterer Lyriker kann dir den Weg nicht weisen, denn
den Weg, den er beging, ist nur der seine, du musst deinen eigenen Weg finden.

*

Weine, lache, winke in deinen Nächten dem Universum
zu, es wird zurückwinken.

*

Vergiss, was du weisst, und du wirst zu neuen Ufern
aufbrechen.

*

Wenn dir die Worte fehlen, trink einen Cognac und gehe ins Bett. Morgen kommen die Worte zu dir.

*

Werde dir klar, welche Lyrikerinnen und Lyriker dir am liebsten sind, und dann halte ihnen die Treue bis zu deinem letzten Atemzug.

*

Verwandle dich immer wieder, denn dann bist du dir am nächsten.

*

Mit der Zeit findest du „den roten Faden" deines Lebens, widerrufe ihm, wenn du glaubst widerrufen zu müssen. Du bleibst immer frei, für alles, gegen alles.

*

Kapriziere dich nicht auf dich – es gibt Milliarden von Menschen.

*

Doch unter Milliarden von Menschen bist du der einzige, der deine Gedichte schreiben kann. Das macht dich nicht stolz, sondern unendlich demütig.

*

Deine Wortfarbpalette muss sich weltweit von allen andern unterscheiden, sonst bist du ein Nichts.

*

Nur wenn du der Welt entsagst, findest du die Welt, die dir wichtig ist.

*

Wenn du dich für ein paar Jahre des Worts enthalten willst, zögere nicht, wirf dich hemmungslos in die brausende Welt.

*

Wenn deine Bekannten die Brücken zu dir abbrechen,
atme auf.

*

Die Frage, ob es sich lohnt, Gedichte zu schreiben oder
nicht, gibt es nicht, seinem eignen Schicksal entgeht
man nicht.

*

Das kürzeste Gedicht ist fähig, den Menschen im
Kosmos auszumessen.

*

Bekannte Metaphern sind zu meiden.

*

Sprich von einem Pygmäensalamander, das Sternbild
Wasserschlange versteht dich.

*

Dass dein Vis-à-vis dich nicht versteht, soll dich vergnügen.

*

Sei niemals abhängig von einem Menschen, von einer Kunstströmung, bahne dir deinen eignen Weg.

*

Nur dein Individuelles ist entscheidend, das Allgemeine taugt zu nichts.

*

Wenn du ein Gedicht schreiben willst, wetze dein Messer.

*

Die heutige Literatur ist (wie im 18. Jahrhundert auch) ein unendliches Palaver. Damit darfst du dich nicht gemein machen. Du musst asketisch dich auf dich selbst besinnen und nur jene Wortfarben benützen, die dich nicht verstecken, sondern dich aufzeigen, so wie du bist.

*

Dass du in Liebesdingen völlig aufgewühlt bist, heisst nicht, dass du ein gutes Gedicht zustande bringst. Milliarden von Menschen sind in Lust und Liebe aufgewühlt, doch sie schreiben keine Liebesgedichte. Da ist ganz anderes von Belang.

*

Allegro spiritoso – Andantino grazioso – Tempo di menuetto (Konzert für zwei Violinen und Orchester von Mozart): Heute Nacht darfst du schweigen.

*

Ich denke mir, die grössten Genies, die unsere Erde besuchten, waren Michelangelo und Mozart.

*

Wir können uns nur im Kleinen verwirklichen.

*

Ich zähle auf dich.

*

Nach deinen ersten Gedichten meine ich, dass du nicht mehr zurückkannst, du musst vorwärtswollen, gegen alles.

*

Komponiere Sinfonien von Rippenquallen, lese in den Tagebüchern der Schlauchwürmer, male südamerikanische Zünsler, doch nun habe ich dir verraten, wovon meine Gedichte unter anderem handeln, bei dir wird und muss das ganz anders aussehen.

*

Wenn du schreibst, denke dir, dass im Grunde noch fast nichts geschrieben worden ist. Denn die Literatur durch die Jahrhunderte ist meist bloss langweilige Repetition des Immergleichen: Banalitäten. Erst mit deinem Gedicht blättert das Jahrtausend eine neue Seite auf.

*

Denke daran: auch die kleinste Form ist sinfonisch.

*

Lebe eine Zeitlang mit den Bildern von Marc Chagall.

*

Auch wenn dir einmal über längere Zeit nichts mehr zu
gelingen scheint, du bist und bleibst Lyriker.

*

Halte zu viele Abwechslungen von dir fern,
konzentriere dich auf Weniges.

*

Auch wenn du nichts schreibst, du reifst auf dich hin.

*

Wenn dir zumute ist zu weinen, weine. Weinen ist ein Zeichen der Stärke. Schwach wäre, das Weinen zu unterdrücken.

*

Auch mit wenigen Gedichten kannst du ein grosses Werk schaffen.

*

Ratschläge taugen nur so viel, wie sie vom Empfänger in Zustimmung oder Widerrede aufgenommen werden.

*

Wenn du Prosa schreiben möchtest, mach dich ruhig an dieses Unterfangen. Dann gilt: jeder Satz muss wie al fresco gemalt werden.

*

Kurze Sätze mögen für Asthmatiker gut sein, verliebe dich in lange Sätze.

*

Doch ich schreibe jetzt kein Kompendium für Erzählungen und Romane, ich werde bei meinen Gedanken zur Lyrik bleiben.

*

Wenn du Gedichte vorlesen kannst, schau, dass kein zirzensischer Event daraus wird, vertraue deinem Wort, es wird dich tragen.

*

Wenn du unsterblich werden möchtest, besinge das Sterbliche.

*

Zeige deine Gedichte nur jenen Menschen, von denen du glaubst, dass sie offen dafür sind.

*

Wenn deine Liebe eine Ehe sucht, sei vorsichtig; oftmals ist die Ehe der Untergang für Gedichte.

*

Die Gedichte bleiben dir treu – ist das auch von einer Frau zu sagen?

*

Lehne jede Belehrung rigoros ab. Hinterfrage du dich selbst.

*

Es ist wie bei einer Filmaufnahme: neun Zehntel werden weggeschnitten.

*

Wenn immer möglich, bleibe einsam.

*

Die Durststrecke, bis du anerkannt wirst, kann Jahrzehnte dauern, kümmere dich nicht ums Anerkanntwerden, das dauerte sowieso nur kurz. Schreibe unbeirrbar Gedicht um Gedicht.

*

Ob du gescheite Abhandlungen über Lyrik liest oder nicht, spielt keine Rolle, denn die Gedichte kommen nicht aus dem Kopf, sondern aus den tiefsten Höhlen deines Ichs.

*

Dein Leben kann durchaus tragisch werden. Solltest du mutlos werden, schreibe weiter.

*

Vergiss nie, dass auch du auf einem Stern lebst.

*

Denke: irgendwo liest mich jemand im Kosmos.

*

Zeitgenossen sind nicht fähig, dich zu beurteilen.

*

Spring immer wieder über deinen Schatten ins Sonnenlicht hinein.

*

Du bist für das, was du schreibst oder nicht schreibst, bis auf dein Grab hin voll verantwortlich.

*

Gedichte sind – wie das ganze Kunstschaffen insgesamt – immer auf dem Weg, neue Wirklichkeiten zu schaffen. Erobere deine ureigene Wirklichkeit, und du wirst überzeugen.

*

Wirklichkeiten sind keine Maja, sondern neue sinnliche Form- und Farbzusammenstellungen. Schreibe, wie ein moderner Maler malt.

*

Eine Prise Verrücktheit ist im Gedicht vonnöten.

*

Lasse dich durch nichts beengen, sprenge alle Fesseln.

*

Erfinde deine eigenen Wirklichkeiten, denn sie sind wirklicher als die allgemeinen Wirklichkeiten.

*

Du musst dich nicht entwickeln, da du bereits b i s t.

*

Kümmere dich nicht um die Meinungen der Freunde.

*

Kommentare zu deiner Lyrik darfst du getrost auf den Müll werfen.

*

Versuche dich mit gewagtesten Vergleichen.

*

Es gibt keine Wahrheit, sondern nur Annäherungen an Wahrheit – und selbst dies nur auf Widerruf.

*

Zögere nicht zu denken, dass auch das Geistige in der Kunst sinnlich ist.

*

Lyrikschreiben ist wesentlich Malerei.

*

Die einzigen Massstäbe, die für deine Lyrik gelten, schaffst du dir selbst.

*

Urwald und Wüste sind in dir, liefere dich beiden aus.

*

Menschengetümmel hält dich von dir ab, bleib einsam.

*

Ich bin froh, dass du meine Ratschläge nicht brauchst.

Werke von Paul Gisi

op. 101 „Nächte des Knurrhahns", Testament der
Leidenschaft.
Aphorismen, Fantasien, Briefe (2015)

op. 102 „Auf deinen Fingerbeeren tanzt das Weltall",
Liebesgedichte (2016)

op. 103 „Oleivo der Maler", Passagen aus einem
Künstlerleben, Prosa (2016)

op. 104 „Simon der Dichter", Teilsichten aus einem
Künstlerleben, Prosa (2016)

op. 105 „Lichthin in deinen schwarzen Pupillen",
Liebesgedichte (2016)

op. 106 „Ausgebrannte Erleuchtung", Gedichte (2017)

op. 107 „Das Universum setzt Segel", Gedichte.
„Mit Nachbemerkungen des Lyrikers" (2017)

op. 108 „Irrlichtertanz", Fantasiestücke, und
„Sei klar wie eine Galaxie",
Ratschläge für einen jungen Lyriker (2017)

∎∎

Alle bei Books on Demand erschienen.

**Zu beziehen im Internet oder
durch jede Buchhandlung.**

∎∎

Paul Gisi wurde 1949 in Basel geboren.
Lyriker, Schriftsteller, lebt in Rorschach (Schweiz)

E-Mail: zackenbarsch.gisi@gmail.com

Homepage: www.zackenbarsch.ch